EIN FALL FÜR DICH UND DAS TIGER-TEAM

Fall 1
IM DONNERTEMPEL

Rate-Krimi-Serie von
THOMAS C. BREZINA

Illustrationen von
Naomi Fearn

Schneider Buch

EGMONT

© 2008 SchneiderBuch
verlegt durch EGMONT Verlagsgesellschaften mbH,
Gertrudenstraße 30–36, 50667 Köln
Alle Rechte vorbehalten
Titelbild und Illustrationen: Naomi Fearn,
Seite 144–150: Lorna Egan
Lektorat: Theo Butz
Umschlaggestaltung: hilden_design, München/www.hildendesign.de
Druck und Bindung: CPI – Ebner & Spiegel, Ulm
ISBN 978-3-505-12480-8

09 / 8765432

Komm ins Tiger-Team!

NAME: Patrick - stark wie ein Tiger

MEINE STÄRKEN: Früher war ich dick, heute habe ich Muskeln. Ich mag Fußball und Leichtathletik. Wenn's was zu lachen gibt, bin ich dabei.

MEIN GRÖSSTES PROBLEM: Ich bin nicht immer so mutig, wie ich tue.

DAS FINDE ICH SPITZE: Schulpausen, mein Kaninchen Benny, Fallschirmspringen, Pizza, Eistee, Witze und Streiche

DAS MACHT MICH WILD: unfaires Spiel und Schnarchnasen

MEIN MOTTO: Volle Fahrt voraus!

NAME: Biggi (eigentlich Birgit) –
schnell wie ein Tiger

MEINE STÄRKEN: Ich sammle alles,
und am liebsten nehme ich die Dinge
selbst in die Hand. Die Jungs sind
manchmal lahm (nicht weitersagen!).
Ich mache auch gerne Gedächtnistraining.

MEIN GRÖSSTES PROBLEM: Laut
Patrick und Luk ist es mein
Dickkopf. Den haben Nashörner
und Elefanten aber auch ☺!

DAS FINDE ICH SPITZE:
hippe Klamotten, Haselnusseis,
leckere Sachen kochen, Pferde,
tanzen, immer etwas zu futtern
dabeihaben

DAS MACHT MICH WILD: lahme
Jungs, Gejammer, zu kurze Ferien,
Erwachsene, die mich nicht ernst
nehmen

MEIN MOTTO: Locker vom Hocker,
aber trotzdem voll stark!

NAME: Luk (eigentlich Lukas) – schlau wie ein Tiger

MEINE STÄRKEN: Ich bin ein Computer-Freak und mag ferngesteuerte Sachen. Ich habe ein fliegendes Schwein konstruiert und baue die Ausrüstung für unsere Fälle.

MEIN GRÖSSTES PROBLEM: Um mich herum herrscht immer Chaos!

DAS FINDE ICH SPITZE: Hamburger, meinen Computer-Notizblock, den ich zu einem irren Ding aufgerüstet habe, meine Spezialtasche voller Tricks

DAS MACHT MICH WILD: Streit kann ich nicht ausstehen, Biggis Besserwisserei auch nicht (aber ihr nicht sagen!). Und wenn meine Mutter mein Zimmer aufräumt. Bitte nicht!

MEIN MOTTO: So lange versuchen, bis es funktioniert!

DEIN STECKBRIEF:

NAME:................................. – ....wie ein Tiger

MEINE STÄRKEN:...

....

....

MEIN GRÖSSTES PROBLEM:.........................

....

....

DAS FINDE ICH SPITZE:...............................

....

....

DAS MACHT MICH WILD: ....

....

....

MEIN MOTTO: ....

....

....

TOP-WICHTIG

Finde die heißen Spuren und löse die Tiger-Team-Fragen.

Lege danach den Decoder FLACH auf das graue Feld und drehe ihn langsam.

Teste gleich hier:

Manchmal ist der Decoder auch nützlich zum Suchen.

Wenn du Bilder mit diesem Symbol siehst, dann lege deinen Decoder an dieser Stelle an und bewege ihn ganz gerade nach unten. In welchem Fenster taucht das Gesuchte auf? Und wo? Oben, unten oder in der Mitte des Bildes?

Nun gleich die erste Frage an dich:
In welchem Suchfenster findest
du das Fernglas?

Jede Menge nützliche Tipps und Trainings-
fälle findest du ab Seite 144.
Und nicht vergessen: Trage für jede richtige
Lösung einen Punkt auf deiner Fallkarte auf
Seite 142 ein!

Und jetzt geht's los!

EIN SCHRUMPFKOPF UND ANDERE ÜBERRASCHUNGEN

„Als Nächstes gelangt zur Versteigerung die Nummer 37, ein Schrumpfkopf aus Zentralafrika. Rufpreis: zehn Euro. Wer bietet mehr?", verkündete der Mann im schwarzen Anzug, der hinter einem hohen Pult stand und einen kleinen Hammer in der Hand hielt.

„Ich finde diese Versteigerung megacool!", stellte Biggi begeistert fest. Ihre Tiger-Team-Freunde Luk und Patrick waren derselben Meinung.

Die drei befanden sich in einem kleinen, ziemlich windschiefen Haus, in dem bis vor Kurzem Samuel Boller gewohnt hatte. Er war Kapitän gewesen und über fünfzig Jahre lang zur See gefahren. Auf seinen Reisen hatte er überall Sachen erstanden und sie gesammelt: Vom Schrumpfkopf aus Afrika bis zur Eskimokette aus Eisbärzähnen.

Vor drei Monaten war der Kapitän gestorben. In seinem letzten Willen hatte er festgelegt, dass alle seine Habseligkeiten versteigert werden sollten. Das Geld, das dabei eingenommen würde, sollte der Naturschutz-Organisation „Rettet die Wale" zukommen.

„Bietet jemand mehr als zweiundzwanzig Euro?", fragte der Mann und blickte in die Runde. Niemand hob mehr die Hand.

„Zum Ersten, zum Zweiten und zum Dritten!" Der kleine Hammer sauste herunter. „Verkauft an die Dame mit dem blauen Hut!"

„Einfach toll, du hebst die Hand, und schon bist du für ein paar Sekunden Besitzer eines ausgestopften Hais oder eines Fernrohrs, durch das angeblich bereits Kolumbus geblickt hat!", meinte Patrick.

„Damit kommen wir zum nächsten Objekt!", rief der Auktionator. „Der Rufpreis: fünf Euro. Wer bietet mehr?"

Patrick streckte die Hand in die Höhe.

„Sechs Euro, der Junge im dunklen T-Shirt!", rief der Mann. Luk hob nun

ebenfalls die Hand. „Sieben Euro, der Junge neben ihm!"

Was ihre Kollegen konnten, konnte Biggi schon lange. Auch sie meldete sich, und im gleichen Augenblick war der Preis auf acht Euro gestiegen.

„So, und jetzt lassen wir die anderen Leute weiterbieten!", flüsterte Biggi ihren Freunden kichernd zu.

„Bietet jemand mehr als acht Euro?", fragte der Mann im dunklen Anzug. Das Tiger-Team blickte sich um, aber niemand hob die Hand. „Zum Ersten, zum Zweiten und zum Dritten. Verkauft an das Mädchen mit den blonden Haaren!", verkündete der Auktionator.

Biggi schluckte. „Äh … das wollte ich eigentlich nicht", murmelte sie. Hastig kramte sie in ihren Taschen. Mehr als fünf Euro hatte sie nicht bei sich. „Keine Panik, wir haben die restlichen drei", beruhigten Patrick und Luk sie. Erleichtert atmete Biggi auf. Es wäre sehr peinlich gewesen, wenn sie nicht hätte bezahlen können.

„Äh … sagt mal … was haben wir eigentlich ersteigert?", fragte sie ihre Freunde.

FRAGE AN DICH

**Was hat das
Tiger-Team ersteigert?**

TIGER-TEAM TIPP

Wenn du es nicht
weißt, lege den
Decoder an.

WAS BRINGEN SCHERBEN?

Das Tiger-Team bezahlte und nahm entgegen, was es ersteigert hatte.

„Äh … und was sollen wir damit?", fragte Luk. Irgendwas Technisches wäre ihm bedeutend lieber gewesen.

„Die Dinger stinken so jämmerlich, dass wir sie nicht einmal verschenken können", meinte Patrick und rümpfte die Nase.

„Vielleicht sind sie innen hohl. Dann können wir kleine Kerzen hineinstellen und sie als Lampions verwenden", schlug Biggi vor.

„Ja, aber nur, wenn wir eine Horrorparty steigen lassen!", lachte Luk.

Da keiner der Jungen die Dinger tragen wollte, nahm Biggi sie und brummte etwas von: „Mann-o-Mann, ihr habt wohl Angst, dass die Tierchen euch beißen! Die sind getrocknet. Typisch Jungs, zu nichts zu gebrauchen!"

Patrick holte tief Luft und schimpfte: „Mach mal einen Punkt, Superfrau! Du hast das Zeug ersteigert, nicht wir! Klar?"

Das Tiger-Team stand genau vor der Eingangstür, durch die gerade ein kleiner, ziemlich schusseliger Mann kam. Er rempelte Biggi an, sodass ihr die sieben Kugelfische aus den Armen rutschten und zu Boden fielen. Es klirrte, und die Fische zerbrachen, als wären sie aus Glas.

Biggi wollte sich schon aufregen, aber plötzlich entdeckte sie etwas. „He, seht euch das an!", rief sie aufgeregt.

In jedem der Kugelfische hatte ein zusammengerolltes Stück Papier gesteckt. Es sah alt und schon ziemlich vergilbt aus. Jedes einzelne war mit einem roten Band zusammengebunden und mit Lack versiegelt. Schnell hoben die Tiger die sieben kleinen Rollen auf. Luk öffnete eine und strich das Pergament glatt. Im nächsten Moment riss er die Augen auf und stieß einen lang gezogenen Pfiff aus.

„Leute, das ist eine Schatzkarte!", rief er.

Kaum hatte er das gesagt, drängte sich der

kleine, schusselige Mann zu ihnen durch. Sein Gesicht sah aus, als hätte es jemand an den Ohren in die Breite gezogen. Seine Nase war spitz und der Mund lang und verkniffen. „Ich gebe euch hundert Euro, wenn ihr mir die Dinger verkauft!", sagte er.

Das Tiger-Team traute seinen Ohren nicht. „W…w…was, wirklich?", stammelte Patrick. Der Mann nickte eifrig.

Biggi aber presste die Rollen eng an die Brust und sagte: „Nein, wir verkaufen nicht!"

„Zweihundert Euro … dreihundert Euro … vierhundert Euro!", erhöhte der Mann sein Angebot. Luk und Patrick begannen schon, sich auszumalen, was sie mit dem Geld alles machen konnten.

„Nein", flüsterte Biggi den anderen Tigern zu. „Wenn der Typ so wild auf die Dinger ist, muss an ihnen irgendwas dran sein. Wir geben sie nicht her!"

Die Jungen verstanden. „Nein, tut uns leid. Nichts zu machen!", sagte Luk kurz. Die Tiger drehten sich um und verschwanden schnell.

In der ganzen Aufregung bemerkten sie weder, dass der kleine Mann ihnen wütend nachblickte, noch, dass zwei andere Typen sich an ihre Fersen hefteten.

Biggi, Luk und Patrick schwangen sich auf die Räder und fuhren zu ihrem Geheimversteck. Es lag unter dem China-Restaurant „Zum Goldenen Tiger", und der geheime

Eingang dazu war hinter einer hohen Holz-statue versteckt. Außer ihnen wusste niemand, dass man auf die beiden langen Eckzähne des Tigers drücken musste, um die gut verborgene Tür zu öffnen.

Die drei schlüpften hinein und schlossen hinter sich ab. In einiger Entfernung parkte gerade ein Auto ein, und der Fahrer blickte suchend die Straße hinauf und hinunter. Er konnte sich nicht erklären, wohin die drei Tiger verschwunden waren.

In ihrem Versteck öffnete das Tiger-Team sofort alle Rollen und breitete die sieben Blätter auf einem Tisch aus. Auf jedem Pergament war die gleiche Insel zu sehen mit einem großen Gebäude in der Mitte. „Donnertempel" stand darüber. Aber jede Zeichnung zeigte einen anderen Weg, der vom Ufer zum Tempel führte.

Nachdenklich betrachtete Luk die Blätter

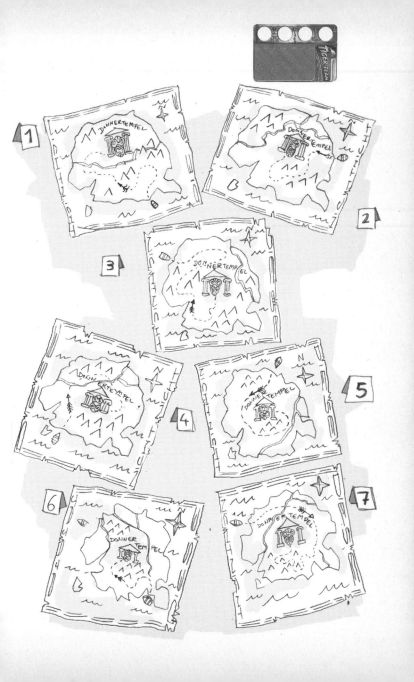

und meinte: „Könnt ihr mir erklären, was das bedeuten soll?"

Biggi hatte eine Idee: „Vielleicht ist es ein Trick. Nur ein Weg ist der richtige, die anderen führen in irgendwelche Fallen. Wenn die Karten zum Beispiel gestohlen werden, muss der Dieb erst einmal herausfinden, welche die echte ist. Schafft er das nicht, landet er nicht in diesem Donnertempel, sondern zum Beispiel in einer Schlucht."

„Und wenn dein Verdacht stimmt, Biggi, welche Karte ist dann die richtige?", fragte Patrick.

„Das werden wir bald wissen", meinten Luk und Biggi großspurig. Sie schoben Patrick zur Seite und studierten die Karten.

So einfach ließ Patrick sich aber nicht aus-
schließen. Es lag ihm viel daran, seinen
Freunden zu zeigen, dass ihm keine seiner
Hanteln auf den Kopf gefallen war. Es ärger-
te ihn, dass sie das immer sagten, wenn er etwas nicht gleich verstand. Er blickte ihnen
über die Schulter, und schließlich zeigte er
mit dem Finger auf eine der Karten.

„Das ist die echte. Nur mit der kommt man zum Donnertempel. Ich kann es sogar beweisen!", verkündete er.

Überrascht sahen Biggi und Luk ihn an.

FRAGE AN DICH

Auf welche Karte hat Patrick gezeigt? Lege den Decoder an.

DECODIEREN

IMMER RÄTSELHAFTER UND AUFREGENDER

„Die Sache wird immer rätselhafter und aufregender!", stellte Biggi fest. „Glaubt ihr, in diesem Donnertempel ist ein Schatz?"

Luk und Patrick nickten. „Vielleicht hat ihn Käpten Boller dort versteckt. Oder die Karten sind von einem Piraten gezeichnet worden, und der Kapitän hat sie in einem Laden am Hafen gefunden und gekauft", vermutete Luk.

„Möglicherweise wusste er aber auch gar nicht, was in den Kugelfischen steckt!", wandte Patrick ein.

Biggi kam schon der nächste Gedanke: „Aber wo liegt die Insel, auf der dieser Donnertempel steht? Habt ihr eine Idee?"

Die Jungen schüttelten die Köpfe. Luk nahm seinen Mini-Computer und malte mit einem Spezialstift die Umrisse der Insel auf den berührungsempfindlichen Bildschirm.

Sofort wurden die Linien sichtbar. Der Computer-Notizblock war ein tolles Gerät. Luk gab ihm den Befehl, er solle herausfinden, um welche Insel es sich handelte. Aber nach einer Minute meldete der Computer: „Leider nichts gefunden!"

Die drei Tiger seufzten enttäuscht.

„Leute, ich muss nach Hause und Hausaufgaben für Mathe machen!", sagte Biggi.

Patrick wollte zum Training, und so blieb Luk allein im Geheimversteck. Er beschloss, die Schatzkarte noch genauer zu untersuchen. Für solche Zwecke hatte er sich ein Mini-Labor eingerichtet, in dem er verschiedene Versuche machen konnte. Sofort ging Luk an die Arbeit.

Zwei Stunden später hatte Biggi endlich alle Aufgaben fertig. Mathematik gehörte nicht unbedingt zu ihren Lieblingsfächern.

Sie streckte sich und ließ Heft und Buch in ihrer Schultasche verschwinden. Da klingelte es an der Haustür.

„Biggi, Schätzchen, mach bitte auf. Ich föhne mir gerade die Haare!", rief ihre Mutter aus dem Badezimmer.

Ärgerlich verzog Biggi den Mund. Sie konnte es nicht ausstehen, „Schätzchen" genannt zu werden. Ihre Freunde wussten das alle, nur ihre Mutter wollte es sich nicht merken. Leise vor sich hin schimpfend, lief sie die Treppe hinunter ins Erdgeschoss.

Sie öffnete die Tür – und prallte zurück. Vor ihr stand eine seltsame Erscheinung. Es war eine Frau mit einer dunklen Sonnenbrille. Auf dem Kopf hatte sie einen hohen Filzhut ohne Krempe. Um ihre Schultern hing ein langer schwarzer Umhang.

Außerdem trug sie schwarze Handschuhe, über die sie Ringe mit seltsam glitzernden Steinen gestreift hatte.

Die Frau deutete mit einem ihrer langen Finger auf Biggi und zischte: „Mädchen, ich

muss dich warnen! Die Sterne haben mir Schreckliches verraten. Du hast heute Nachmittag das Verderben gekauft. *Dein* Verderben! Es gibt nur eine Rettung. Werde es so schnell wie möglich wieder los. Verschenke es, verkaufe es, aber wirf es nicht fort! Sonst bleibt es weiterhin an dir kleben. Nimm meinen Rat an, Mädchen, sonst droht dir entsetzliches Unglück. Glaube mir, die Sterne haben mich noch nie belogen!"

Die Frau riss die Arme in die Höhe und blickte zum Himmel. Biggi war so erschrocken, dass sie einfach die Tür zuknallte. Im nächsten Moment fiel ihr ein, dass sie unbedingt erfahren musste, wer die Frau war. Schnell zog sie die Tür wieder auf, aber die Frau war verschwunden. Biggi blickte die Straße hinauf und hinunter, doch ihre seltsame Besucherin war nirgendwo mehr zu sehen. Sie schien sich buchstäblich in Luft aufgelöst zu haben.

Biggi spürte, wie sie zu schwitzen begann. Mit zitternden Fingern hob sie das Telefon ab und wählte Luks Handynummer. Luk hatte von seinem Großvater zum letzten Geburtstag nämlich ein eigenes Handy bekommen. Und das Allertollste war, dass der Großvater auch die Telefonrechnung bezahlte! Allerdings durfte sie nicht zu hoch sein.

Luk hatte unterdessen das alte Pergament sehr genau untersucht. Immer wieder hatte er seine Finger über die Oberfläche gleiten lassen und dabei einige Stellen entdeckt, die sich ein wenig anders anfühlten – rauer, fast klebrig. Er hatte auch herausgefunden, dass der Plan mit Tinte gezeichnet worden war. Als Luk ein Stück der Karte vorsichtig mit einem kleinen Bügeleisen erwärmt hatte, war ihm nichts Besonderes aufgefallen. Nachdenklich blätterte er in seinen Büchern, und plötzlich hatte er eine Idee.

„Ich bin mir ziemlich sicher, dass auf dieser Karte noch eine Botschaft zu finden ist. Allerdings ist sie „unsichtbar" geschrieben worden. Und ich glaube, ich weiß, wie ich sie sichtbar machen kann ..."

FRAGE AN DICH

Um welche Art von unsichtbarer Schrift könnte es sich handeln, und wie wird sie sichtbar gemacht?

TIGER-TEAM TIPP

Die Ergebnisse von Luks Untersuchung sind sehr eindeutig. Schau dir auch die Seiten 145 bis 147 an.

JAGD AUF DIE SCHATZKARTE

Als sein Handy klingelte, hatte Luk gerade begonnen, die unsichtbare Schrift lesbar zu machen. Und es funktionierte! Auf der Karte erschienen weitere Hinweise.

Das Telefon schrillte laut und hartnäckig. „Was gibt´s?", meldete sich der Junge schließlich unwirsch.

„Luk … da … da war gerade so eine … Sterndeuterin und hat behauptet, die Karte bringt uns Verderben!", stammelte Biggi.

„So ein Quatsch!" Luk schüttelte den Kopf.

„Aber … wieso kommt die Frau zu mir?"

Auf diese Frage wusste der Junge allerdings auch keine Antwort. „Vielleicht war es bloß Zufall. Vielleicht wollte die Frau nur ein bisschen Geld erbetteln!", meinte er.

Nein, Zufall war es nicht gewesen. Da war sich Biggi sicher.

„He, stell dir vor, ich habe auf der Karte

noch eine Geheimbotschaft entdeckt", berichtete Luk.

Während die beiden Tiger telefonierten, stand Patrick im Hof des Hauses, in dem er mit seinen Eltern wohnte. Er hatte zwei schwere Gewichte in den Händen und machte damit verschiedene Übungen, die seine Muskeln stärken sollten. Es war Frühling, aber noch ziemlich kalt. Trotzdem wollte Patrick nicht auf frische Luft verzichten.

Plötzlich bemerkte er, dass er beobachtet wurde. Im Tor zum Hof stand ein großer, schlanker Mann in einem eleganten grauen Anzug. Sein Haar war mit viel Pomade in Form gebracht worden, und über seiner Oberlippe trug er ein schmales Bärtchen.

Der Mann kam näher und nickte Patrick zu. „Tag, mein Junge!", sagte er.

Patrick grüßte ebenfalls.

„Machen wir es kurz. Ich will dir ein Geschäft vorschlagen."

Patrick traute seinen Ohren nicht.

„Deine Freunde sind etwas stur und unge-
schickt, deshalb rede ich lieber mit dir. Du
bekommst von mir die komplette Ausrüstung für ein eigenes Fitness-Center, wenn du
mir die richtige Karte aus den Kugelfischen
beschaffst."

„W…w…wie bitte?", stotterte Patrick.

„Du hast richtig gehört. Dann brauchst du nicht mehr mit diesen jämmerlichen Gewichten zu trainieren. Du bekommst deine eigenen Geräte, wenn du mir noch heute die Karte übergibst", versprach der Mann.

„Wer sind Sie?", fragte Patrick überrascht.

„Das tut nichts zur Sache. Ich komme heute Abend um zehn Uhr wieder hierher. Hast du die Karte, zahle ich fünftausend Euro dafür."

Ohne sich zu verabschieden, drehte sich der Mann um und ging mit schnellen Schritten davon.

Nachdem Patrick sich vom ersten Schreck erholt hatte, nahm er sein Handy aus der Hosentasche und rief Luk an.

Der blätterte im Geheimversteck gerade in seinem zehnbändigen Lexikon. Auf der Karte hatte er nämlich einen Hinweis entdeckt, dass die Insel mit dem Donnertempel in der Nähe einer anderen, großen Insel lag. Aber um welche Insel handelte es sich nur?

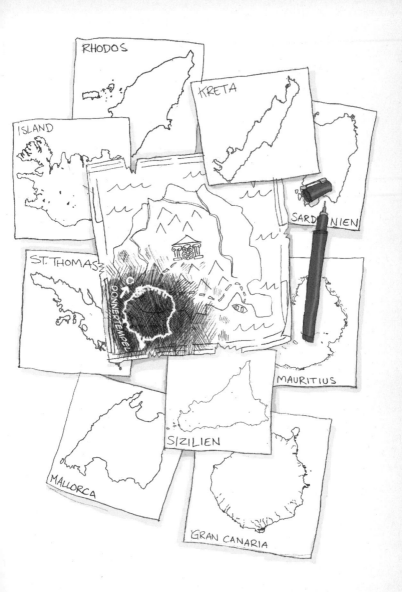

Sein Mini-Computer schaffte es nicht, den Namen herauszufinden. Aber auch Luk schien nicht sehr viel Glück bei der Suche zu haben. Hatte er etwas übersehen?

FRAGE AN DICH

Kannst du den Namen der großen Insel herausfinden, vor deren Küste die Insel mit dem Donnertempel liegt?

DECODIEREN

HÖCHSTE VORSICHT!

Luk seufzte tief. Die Insel war sehr weit weg. Seine Eltern hatten dort einmal Urlaub gemacht und waren über vier Stunden mit dem Flugzeug unterwegs gewesen. Das Tiger-Team hatte natürlich nicht genug Geld, um sich eine so teure Reise leisten zu können.

Wieder klingelte Luks Handy, und diesmal war es Patrick, der von dem unglaublichen Angebot berichtete, das er erhalten hatte.

„In diesem Tempel muss etwas ziemlich Wertvolles sein, wenn so viele Leute hinter der Karte her sind", überlegte Luk laut. Was für ein Jammer, dass sie keine Möglichkeit hatten, weitere Nachforschungen anzustellen. Es war wirklich zum Verzweifeln!

„Ich ... ich werde um zehn Uhr auf keinen Fall in den Hof gehen", meinte Patrick.

„Natürlich nicht, der Kerl könnte gefährlich sein!", erwiderte Luk. „Wer bereit ist, so viel Geld zu bezahlen, der schreckt auch nicht davor zurück, dir die Karte zu klauen!"

Die Jungen verabredeten sich zu einem Tiger-Team-Treffen am nächsten Tag nach der Schule, und Patrick versprach, Biggi davon zu verständigen.

Luk hatte nun etwas sehr Wichtiges zu tun. Er musste die Schatzkarte gut verstecken.

Selbst wenn es jemandem gelang, in das Geheimversteck einzubrechen, durfte er sie unter keinen Umständen finden.

Der Junge schob einige Bücher im Regal zur Seite, hinter denen ein Wandgitter zum Vorschein kam. Mit einem geschickten Griff nahm er es heraus. Dahinter befand sich ein breiter Lüftungsschacht, der das Geheimversteck der Tiger mit frischer Luft versorgte.

In dem Schacht gab es auch eine Leiter, über die Patrick, Luk und Biggi nach oben klettern konnten. Sie gelangten auf diesem Weg direkt in das China-Restaurant und konnten ungesehen durch den Hinterausgang verschwinden, falls ihr geheimer Eingang von jemandem beobachtet wurde.

Außerdem befand sich in dem Schacht ein loser Ziegelstein. Luk klopfte die Wände des Schachts ab und entdeckte ihn schließlich. Er zog ihn heraus und legte die Karte in die kleine Höhlung dahinter. Danach kam der Ziegel an seinen Platz zurück, und alles sah aus wie vorher. Das Versteck war perfekt!

Endlich konnte sich Luk auf den Heimweg machen. Er beschloss, die Leiter im Lüftungsschacht hinaufzuklettern und durch das Chinalokal zu gehen. Sicher war sicher.

Draußen auf der Straße war es bereits dunkel geworden. Als sich der Junge auf sein Fahrrad schwingen wollte, machte er eine schlimme Entdeckung: Aus beiden Reifen war die Luft herausgelassen worden.

Fluchend und schimpfend schloss Luk das Rad wieder ab und stellte es hinter das Haus. Die Reifen würde er am nächsten Tag aufpumpen. Für heute war es zu spät, und er war einfach zu geschafft.

Missmutig marschierte er los. Zu Fuß dauerte sein Heimweg ziemlich lange. Dazu kam ein eisiger Nordwind, der durch die Straßen fegte und unter seine Jacke kroch. Der Winter war noch immer nicht völlig abgezogen. Leider!

Während er die Straße entlangeilte, ließ er

sich die aufregenden Ereignisse des Tages noch einmal durch den Kopf gehen.

Und plötzlich bemerkte Luk, dass ihm jemand folgte. Er blieb stehen und tat so, als würde er sich für ein Schaufenster interessieren. Im gleichen Augenblick verstummten die Schritte hinter ihm.

Als Luk weiterging, setzte sich auch der Unbekannte wieder in Bewegung. Luk begann zu laufen, und sein Verfolger auch! Jetzt bekam der Junge es doch mit der Angst zu tun. Wer war das? Wer war das hinter ihm?

Abrupt blieb Luk stehen und fuhr blitzschnell herum.

Doch es war niemand zu sehen!

Kaum aber setzte Luk seinen Weg fort, hörte er auch wieder Schritte hinter sich.

Schnell zog er einen kleinen Spiegel aus seiner Spezialtasche, die er immer bei sich trug. In ihr hatte er jede Menge Dinge, die irgendwann einmal nützlich sein konnten.

Mithilfe des Spiegels versuchte Luk, einen Blick über die Schulter zu werfen, konnte den Verfolger aber trotzdem nicht entdecken. Der Unbekannte schien sich immer schnell und geschickt in Einfahrten oder hinter parkenden Autos zu verbergen.

Plötzlich aber machte sein Verfolger einen Fehler. Er selbst war zwar weiterhin nicht zu sehen, dafür aber sein Schatten an der Hauswand.

Luk kam ein Verdacht …

FRAGE AN DICH

Wer ist der Verfolger?

EIN GUTES ANGEBOT?

Luks Angst wuchs von Sekunde zu Sekunde. Er hatte eine Abkürzung genommen und befand sich nun in einer völlig einsamen Gegend, in der kaum jemand wohnte. In den Häusern befanden sich hauptsächlich Büros, die um diese Tageszeit bereits alle geschlossen waren.

Die Schritte hinter ihm kamen näher und näher. Luk spielte bereits mit dem Gedanken, den Verfolger so nahe herankommen zu lassen, dass er ihm seine Tasche um die Ohren knallen konnte. Doch dann tat es ihm um die vielen Sachen leid, die er darinhatte.

Schließlich nahm er allen Mut zusammen, drehte sich um und rief: „Was … was wollen Sie von mir?"

Verlegen hüstelnd trat ein Mann aus einer Hauseinfahrt, in der er sich versteckt hatte. Es war tatsächlich das Breitgesicht, das die

Tiger bei der Versteigerung schon kennenge-
lernt hatten. „Entschuldige … also … äh …",
druckste er, „ich habe mich nicht getraut,
dich einfach anzusprechen."

„Aber die Luft aus meinen Reifen rauszu-
lassen, das haben Sie sich schon getraut!",
knurrte Luk.

„Das war ich nicht!", beteuerte der Mann empört. Er streckte dem Jungen die Hand entgegen und stellte sich vor: „Mein Name ist Pietro Mancuso. Ich bin Reporter bei der Abendzeitung, und ich weiß … ich weiß, dass ihr die Karte habt, von der Käpten Boller manchmal erzählt hat. ‚Sie zeigt den Weg zum grünen Feuer', hat er immer gesagt. Ich vermute, dass dieses grüne Feuer ein riesiger und unglaublich wertvoller Smaragd ist. Ich wollte mich immer selbst auf die Suche nach ihm machen, aber jetzt bin ich zu spät gekommen."

Luk verschränkte die Arme vor der Brust. Ihm war kalt, und außerdem verstand er nicht, wozu der Mann ihm das überhaupt alles erzählte.

„Hör zu, der Edelstein gehört euch", meinte der Reporter.

Der Tiger lachte auf. „Niemals! Wie sollen wir zu der Insel kommen?"

„Ich zahle dir und deinen Freunden die Reise", schlug Herr Mancuso vor. „Es gibt nur eine kleine Bedingung …"

„Und die wäre?", wollte Luk wissen.

„Ich möchte mitkommen, alles fotografieren und einen Bericht darüber für die Abendzeitung schreiben. Wärst du damit einverstanden?"

Luk wollte nichts versprechen. Zuerst musste er sich mit seinen Freunden beraten. Das Angebot war jedoch äußerst verlockend.

„Ich … also ich … bin morgen Nachmittag um vier Uhr vor dem China-Restaurant und warte auf eure Antwort!", sagte der Reporter. Er grinste breit und wieselte danach mit hochgezogenen Schultern davon. Luk stand noch eine Weile da und war ziemlich ratlos. Was sollte er von diesem Angebot halten?

Am nächsten Tag um zwei Uhr trafen sich die Tiger in ihrem Versteck. Jeder hatte etwas Aufregendes zu berichten.

„Der Mann mit der Pomade im Haar ist wirklich um Punkt zehn wieder da gewesen. Ich habe ihn vom Flurfenster aus gesehen", erzählte Patrick. „Er hat ein paar Minuten gewartet und ist dann abgezogen."

„Ich habe auch etwas Seltsames erlebt", sagte Biggi. „Als ich auf dem Weg hierher war, ist plötzlich eine hellblonde Frau aus einem parkenden Auto gesprungen. Sie war ziemlich schrill geschminkt und hatte einen roten Lackmantel an."

Luk und Patrick blickten ihre Freundin gespannt an. „Ja und? Was wollte sie?"

„Sie hat mich vor einem Mann namens Pietro Mancuso gewarnt. Ich soll ihm bloß kein Wort glauben, er sei ein Gauner und würde immer nur lügen! Danach ist sie sofort wieder eingestiegen und weggefahren. Mit Vollgas! Kennt einer von euch diesen Herrn Mancuso?"

Luk schluckte. „Äh … ja … ich!", meldete

er sich. „Der Typ hat uns ein irres Angebot gemacht!"

Der Tiger erzählte dem Rest des Teams, was er alles am Abend davor erlebt hatte. „Was sollen wir machen?", fragte er dann.

„Wir fahren!", entschied Biggi. „Erstens sind wir zu dritt, und er ist allein. Zweitens möchte ich wissen, wie er den Lesern seiner Zeitung erklären will, dass er uns einen Schatz abgeknöpft hat, falls er so etwas vorhat. Drittens ist es die einzige Möglichkeit, das Geheimnis dieses Donnertempels zu lüften. Wollen wir darauf etwa verzichten?"

„Nein!", erwiderte Luk entschieden.

Patrick sagte nichts. Ihm war die Sache nicht geheuer.

„Was ist? Willst du kneifen?", fragten die anderen beiden.

Energisch schüttelte Patrick den Kopf. „Aber unsere Eltern werden niemals zustimmen!", gab er zu bedenken.

Doch dazu hatte sich Biggi schon etwas überlegt: „Dieser Herr Mancuso muss so tun, als hätten wir bei einem Preisausschreiben seiner Zeitung eine Urlaubsreise gewonnen. In einer Woche sind Osterferien. Bestimmt erlauben sie uns dann, nach Gran Canaria zu fliegen."

Noch am selben Nachmittag redete das Tiger-Team mit dem Reporter. Er versprach, alles genau so zu machen.

Und Biggis Plan klappte. Die Eltern willigten ein!

Das war am Dienstag. Die Abreise war für Samstag geplant.

In der Nacht zum Mittwoch aber brach jemand in das Geheimversteck des Tiger-Teams ein und verwüstete es völlig. Als die drei Freunde am nächsten Tag das Chaos entdeckten, waren sie entsetzt.

„Hier hat jemand nach der Karte gesucht. Und das sehr gründlich!", stellte Luk fest.

„Wir brauchen mindestens drei Wochen, bis alles wieder in Ordnung ist!", seufzte Biggi.

„Und hat er sie gefunden?", wollte Patrick wissen.

Luk kletterte in den Lüftungsschacht. Dann meldete er erleichtert: „Keine Panik! Sie liegt noch hinter dem Ziegelstein."

Auf jeden Fall wussten die Tiger nun eines ganz sicher: Es gab noch mehr Leute, die hinter dem Schatz im Donnertempel her waren. Sie mussten also äußerst vorsichtig sein.

Endlich kam der Tag der Abreise. Mit einem ziemlich flauen Gefühl im Bauch bestiegen die Tiger das Flugzeug. Was würde auf dieser Reise alles auf sie zukommen?

Während sie in der Kabine nach ihren Sitzplätzen suchten, machte Biggi plötzlich eine Entdeckung, die ihr das Herz bis zum Hals

schlagen ließ. Es befand sich jemand an Bord, der ihr in letzter Zeit öfter begegnet war. Sie hatte die Person an einem besonderen Merkmal erkannt, auch wenn sie diesmal völlig anders aussah …

FRAGE AN DICH

Wer ist diese Person?

UMZINGELT?

Biggi ließ sich in ihren Sitz fallen und atmete tief durch. Sie musste sich erst einmal beruhigen. Noch immer spürte sie ihr Herz pochen.

„He, was ist los mit dir?", erkundigte sich Luk, der neben ihr saß. Biggi beugte sich zu ihm hinüber und flüsterte: „Ich habe etwas herausgefunden. Diese Sterndeuterin und die blonde Frau, die mich vor Herrn Mancuso gewarnt hat, sind ein und dieselbe Person. Und genau diese Frau sitzt drei Reihen hinter uns."

Luk runzelte die Stirn und fragte: „Wieso bist du dir so sicher?"

„Alle drei haben das gleiche Merkmal im Gesicht, das sie verraten hat." Leise flüsterte sie ihrem Freund ins Ohr, was es war.

„Na, ihr drei? Geht es euch gut?", fragte Herr Mancuso mit aufgesetzter Fröhlichkeit.

„Jaja", schwindelten die Tiger.

Patrick misstraute dem Reporter. Er hatte vor der Abreise eigentlich noch bei der Zeitung anrufen und sich über ihn erkundigen wollen. Aber dummerweise hatte er es vergessen. Vielleicht konnte er es vom Hotel aus nachholen.

Das Tiger-Team war sich im Klaren darüber, dass es seine Beratungen erst nach seiner Ankunft auf der Insel fortsetzen sollte. Hier im Flugzeug gab es einfach zu viele Ohren, die mithören konnten. Jeder von ihnen zog ein Buch aus der Tasche. Lachend stellten sie fest, dass sie alle den gleichen Roman mitgenommen hatten. Es war eine Gruselgeschichte mit dem Titel „Das eiskalte Lächeln".

Doch keiner der drei konnte sich auf die Geschichte konzentrieren. Ihre Gedanken schweiften immer wieder ab zum Schatz im Donnertempel. Würden sie ihn überhaupt je erreichen?

Vier Stunden später setzte die Maschine

endlich zur Landung an. Kurz darauf verließ das Tiger-Team mit Pietro Mancuso das Flughafengebäude. Der Reporter organisierte ein großes Taxi, in dem sie alle Platz hatten und auch ihre Koffer verstaut werden konnten, und nannte dem Fahrer den Namen ihres Hotels.

Währenddessen hielt Biggi ständig Ausschau nach der Frau, die sie im Flugzeug gesehen hatte. Doch sie konnte sie nirgends entdecken. Vielleicht hatte sie aber auch nur wieder ihr Aussehen verändert, sodass sie in der Menge nicht auffiel.

Endlich waren die drei Tiger am ersten Ziel der Reise angelangt. Herr Mancuso hatte für sie zwei große, nebeneinanderliegende Zimmer in einem sehr teuren Hotel gebucht, von denen aus sie direkt aufs Meer blicken konnten. Biggi war froh, dass es für Notfälle eine Verbindungstür gab.

Das Zimmer des Reporters lag ein Stock-

werk höher. „Ich mache mich auf die Socken und versuche, ein Boot zu organisieren", sagte er zu den Tigern. „Geht inzwischen zum Strand und ruht euch ein bisschen aus. Wir treffen uns später dort."

Das Tiger-Team fand den Vorschlag prima. Auf Gran Canaria war es heiß wie bei ihnen zu Hause im Hochsommer, und sie wollten gern schwimmen gehen. Schnell packten sie ihre Badesachen und zogen los.

„He, die Schatzkarte?", fiel Biggi plötzlich ein. „Wo ist sie?" Luk grinste. „Die liegt bereits sicher im Hotelsafe", erklärte er stolz. Anerkennend klopften ihm die anderen auf die Schulter.

Als sie sich am Strand in die Liegestühle fallen ließen, bemerkte Biggi, dass sie ihr Buch im Zimmer vergessen hatte. Seufzend stand sie noch einmal auf, um es zu holen.

Kaum hatte sie die Tür zu ihrem Zimmer geöffnet, spürte sie, dass etwas nicht stimmte. Oder bildete sie sich das nur ein? Sie blickte sich in dem weiß gestrichenen Raum um, konnte jedoch nichts Auffälliges entdecken. Als sie sich gerade das Buch unter ihren Arm klemmte, hörte sie ein Geräusch aus dem Zimmer der Jungen. Sie streckte den Kopf durch die halb offene Verbindungstür und stieß einen leisen Schrei aus. Jemand hatte die Koffer von Patrick und Luk geöffnet und durchwühlt. Im selben Moment legte sich eine kräftige Hand über ihren Mund und hielt ihr gleichzeitig die Nase zu.

„Du kommst mit und keinen falschen Ton, sonst wird die Luft für dich knapp!", zischte ihr jemand ins Ohr.

Biggi konnte nicht sehen, wer es war, da es ihr nicht möglich war, den Kopf zu bewegen. Der Unbekannte schleifte sie aus dem Zimmer und den Gang hinunter bis zu der Treppe, die das Hotelpersonal benutzte.

Als Biggi nach einer Stunde noch immer nicht zum Strand zurückgekehrt war, wurden ihre Freunde langsam unruhig.

„Wo bleibt sie denn nur?", wunderte sich Patrick.

„Komm, wir gehen nachsehen, was los ist!", meinte Luk. Er machte sich Vorwürfe, dass sie überhaupt so lange gewartet hatten, aber sie waren einfach erschöpft und hatten die Zeit aus den Augen verloren.

Als die beiden Tiger ihr Zimmer betraten und die Verwüstung sahen, stöhnten sie: „Oh nein. Nicht schon wieder!"

In diesem Moment schrillte das Telefon auf dem Nachttisch.

„Wer ruft uns denn an?", wunderte sich Luk und hob ab. „Hallo?", meldete er sich.

„Ich habe eure Freundin", sagte eine Stimme. „Entweder ihr rückt den Plan raus, oder ihr seht sie nicht wieder. Kapiert?"

Luk war so erschrocken, dass es ihm buchstäblich die Sprache verschlug.

„Wenn ihr mir nicht glaubt, dann soll sie es euch selbst sagen", knurrte die Stimme.

Gleich darauf war Biggi zu hören. Sie flehte: „Bitte, tut … tut, w…w…was er sagt. Sonst … fällt was auf den Balkon …!"

Gleich darauf wurde die Leitung unterbrochen. Ratlos blickten die Jungen einander an.

„Was meint Biggi mit ‚fällt was auf den Balkon'?", fragte Luk verwirrt.

Patrick dachte nicht lange nach, sondern stürzte hinaus auf den Balkon. Dort waren ein kleiner Tisch, zwei Korbsessel, mehrere

Pflanzen und … ein Papierball! Der Junge hob ihn auf und zog ihn vorsichtig auseinander. Er strich das Papier auf dem Tisch glatt. Doch außer einer Reihe von kleinen Kreisen und Quadraten, einer 12 und einer 13 war nicht viel darauf zu erkennen.

„Was ist das?", fragte er Luk, der ebenfalls auf den Balkon gekommen war.

Luk betrachtete das Papier und meinte schließlich: „Wenn ich mich nicht irre, ist das eine wichtige Mitteilung von Biggi. Komm mal mit."

„Das soll eine Botschaft sein?" Patrick konnte es nicht fassen, folgte Luk aber zurück ins Jungenzimmer.

Es gab etwas, das Leo immer wie ein Magnet angezogen hatte. Diese schwarze Tür im Keller, die seine Großtante bei Tag und Nacht verschlossen hielt. Drei Schlösser hingen an der Tür und sollten verhindern, dass jemand einen Blick dahinter werfen konnte. Was verbarg sich so Entsetzliches in diesem Raum? Leos Großtante Dörthe hatte ihm auf diese Frage niemals eine Antwort gegeben. Jedes Mal hatte sie nur warnend die Hand gehoben und streng gesagt: „Wage es niemals, die Tür zu öffnen, Junge. Es würde der schlimmste Tag deines Lebens werden. Höre auf mich!"

Aber das hatte Leos Neugier nur noch größer gemacht.

Und nun war Tante Dörthe tot. Sie starb in einer schaurigen Gewitternacht, plötzlich und völlig unerwartet.

Als Leo, mittlerweile 22 Jahre alt, nach dem Begräbnis das leere Haus betrat, führte ihn sein erster Weg in den Keller. Ihm war, als würde er Stimmen hören. Schwarze Schatten schienen über seinem Kopf zu schweben und ihn zurückhalten zu wollen. „Nein, tu es nicht!", raunten sie ihm zu. Alles Unsinn, ich bilde mir das Ganze nur ein!, versuchte Leo die Schreckensbilder abzuschütteln.

Rote Augen glühten vor ihm in der Dunkelheit, doch als er näher kam, lösten sie sich in Luft auf. Eine graue, kalte Hand schien ihn an den Schultern zu packen und zurückzuziehen.

Trotzdem hörte er nicht auf zu gehen, bis er vor der schwarzen Tür stand. Er zog eine Feile hervor und begann die Schlösser zu bearbeiten. Er musste sie aufkriegen. Er musste die Tür öffnen. Er konnte nicht anders, es war wie ein Zwang. Wieder und wieder tauchten die Schatten auf und schoben sich zwischen ihn und die Tür. „Nein, ihr werdet mich nicht aufhalten!", schrie Leo. „Mich nicht!" Nur noch ein Schloss, dann hatte er es geschafft. Und dann endlich würde er sehen, was Großtante Dörthe so streng verborgen hatte. Welches Geheimnis war es, das sie gehütet hatte?

Luk hatte den Text erkannt. Er nahm sein Buch mit der Gruselgeschichte zur Hand und schlug es auf Seite 12 auf.

FRAGE AN DICH

Kannst du heraus-finden, wie die Bot-schaft lautet? Die Geheimfolie findest du in deiner Tiger-Team-Tasche!

Du bekommst nur dann einen Punkt für die Fallkarte, wenn du die Frage ohne Hilfe beantworten konntest.

Falls du Hilfe brauchst, lies diesen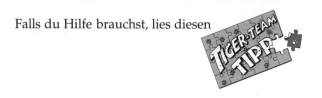

Achtung: Spiegelschrift!

Lege den Zettel zuerst auf Seite 12 des
Gruselbuchs. Die schwarzen Ecken müssen
genau auf dem ersten und dem letzten
Buchstaben der Seite liegen. Lies nun die
Buchstaben, die Biggi umkringelt hat.
Dasselbe machst du auf Seite 13. Dort gelten
aber die Kästchen!

JETZT ABER SCHNELL!

„Und, was machen wir jetzt?", wollte Patrick von Luk wissen. Aber auch der war ratlos. Biggi befand sich ganz in ihrer Nähe, und sie mussten ihr unbedingt helfen. Aber wie?

Die beiden Jungen überlegten fieberhaft, und schließlich machte Patrick einen Vorschlag. Luk war sofort damit einverstanden. Einen Versuch war es in jedem Fall wert.

Luk holte zwei alte Walkie-Talkies aus seiner Spezialtasche. Sie funktionierten nur noch schlecht, aber für ihre Zwecke würde es reichen. Patrick steckte sich eins der kleinen Funkgeräte unter sein Hemd und ging auf den Balkon hinaus, während Luk in das Stockwerk über ihnen schlich. Neben dem Balkon hatte Patrick nämlich eine Feuerleiter entdeckt, über die man direkt in das Zimmer darüber gelangen konnte. Das Zimmer der Jungen befand sich im vierzehnten Stock, und als Patrick einen Blick in die Tiefe warf, begann sich plötzlich alles um ihn herum zu drehen.

Nein, von nun an würde er nur noch nach oben sehen.

Es knackte in seinem Funkgerät, und Luk meldete sich. Seine Stimme war kaum zu erkennen, aber Patrick verstand trotzdem, was er sagte: „Luft rein! Tempo!"

Sofort schwang sich der kräftige Junge auf die Leiter und kletterte geschickt ein Stockwerk höher. Er schwang sich auf den Balkon und stolperte in das Zimmer. Biggi war an das Bett gefesselt und mit einem großen Tuch geknebelt. Patrick befreite sie ganz schnell, aber ehe er noch etwas erklären konnte, knackte es schon wieder im Walkie-Talkie. „Achtung! Er kommt zurück!", meldete Luk.

Patrick bedeutete Biggi, still zu sein, und stellte sich hinter die Tür. Jemand schloss von außen auf und drückte die Tür nach innen.

Genau darauf hatte Patrick gewartet. Er
warf sich mit aller Kraft gegen die Tür,
die dem völlig überraschten Unbe-
kannten an den Kopf knallte. Mit
einem tiefen Stöhnen sank der
Mann draußen auf dem Gang
zu Boden.

Sofort kam Luk, der sich hinter einer großen Pflanze im Flur versteckt hatte, den anderen Tigern zu Hilfe. Der Mann musste ins Zimmer geschafft werden, bevor er wieder zu sich kam. Dort fesselten sie ihn ans Bett und knebelten ihn.

„Der ist neu", stellte Patrick fest. „Den kennen wir noch nicht."

Biggi nickte. „Aber er hat einen Auftraggeber. Er hat ständig mit jemandem telefoniert und gefragt, was er weiter tun soll. Der andere war wohl wütend darüber, denn er hat nicht mehr abgehoben", berichtete sie. „Daraufhin wollte der da wahrscheinlich direkt zu dem Auftraggeber gehen. Dreimal hat er mich schon allein gelassen. Die ersten beiden Male hat er mich einfach nur im Zimmer eingesperrt, als er was zu trinken geholt hat. Deshalb konnte ich euch die Botschaft schreiben. Vorsichtshalber habe ich sie aber verschlüsselt. Ich war nämlich nicht sicher, ob ihr wirklich genau im Zimmer unter mir seid. Bevor er dann zum dritten Mal das Zimmer verlassen hat, hat er mich gefesselt und geknebelt."

„Wer wohl der Auftraggeber dieses Typen ist?", überlegte Luk laut und schaute seine Freunde an. Aber weder Biggi noch Patrick konnten diese Frage beantworten.

Plötzlich schlug sich Luk an die Stirn und rief: „Lasst uns von hier verschwinden. Ich muss nämlich mal dringend telefonieren."

Er lief hinunter in das Zimmer der Jungen, während Patrick Biggi in ihr Zimmer begleitete.

Wenige Minuten später hatte Luk seinen Freunden eine schreckliche Mitteilung zu machen: „Leute, bei der Abendzeitung gibt es gar keinen Reporter namens Pietro Mancuso. Er hat uns eiskalt angelogen. Wahrscheinlich hat sogar er diesen Schlägertyp angeheuert und Biggi entführen lassen."

„Die Frau hat recht gehabt mit ihrer Warnung. Sie meint es tatsächlich gut mit uns!", murmelte Biggi.

„Wir müssen hier weg und … und am besten so schnell wie möglich zu der kleinen Insel!", sagte Luk. „Vielleicht gelingt es uns, alle Verfolger abzuschütteln!"

Es war erst früher Nachmittag, und deshalb beschloss das Tiger-Team, sich so schnell wie möglich ein Boot zu organisieren. Hastig packten sie die wichtigsten Sachen zusammen, holten die Schatzkarte aus dem Safe und liefen zum nahen Hafen.

Aber niemand wollte ihnen ein Boot vermieten. Allen Bootsverleihern schienen sie zu jung zu sein. Es war zum Verzweifeln!

Völlig entmutigt ließ sich das Tiger-Team auf der Kaimauer nieder.

„Konntet ihr ihm entkommen?", fragte plötzlich eine Stimme hinter ihnen. Die drei drehten sich um und erkannten die Frau, der Biggi schon mehrere Male begegnet war.

„Wer … wer sind Sie?", wollte das Mädchen nun endlich wissen.

„Ich war eine gute Freundin von Kapitän Boller und möchte auch euch eine gute Freundin sein", erwiderte die Frau. „Deshalb versuche ich seit einer Woche, euch davon abzuhalten, diesen Donnertempel zu suchen. Außerdem vertraut ihr den falschen Leuten."

„Das … das haben wir auch schon kapiert", meinte Patrick.

„Aber wir wollen trotzdem herausfinden, was das grüne Feuer im Donnertempel ist!", rief Biggi.

„Seid ihr euch da wirklich sicher?", fragte die Frau. Die drei nickten heftig.

„Also, ich glaube, Kapitän Boller hätte seine helle Freude an euch gehabt. Daher werde ich euch helfen!"

Die drei Tiger seufzten erleichtert.

„Mein Name ist übrigens Lola Lamar", stellte sich die Frau vor.

Eine halbe Stunde später hatte sie ein schnittiges Motorboot organisiert und forderte das Tiger-Team auf, einzusteigen.

„Haben Sie denn einen Motorbootführerschein?", erkundigte sich Luk misstrauisch.

Die Frau lächelte. „Natürlich, mein Junge, sonst hätte ich es doch gar nicht ausleihen können."

Sie zog am Gashebel, und die Fahrt ging los.

„He, halt, nicht! Kommt zurück!", rief eine bekannte Stimme auf der Hafenmole.

Die drei Tiger drehten sich um und sahen Pietro Mancuso, der heftig winkte.

„Hört nicht auf ihn! Seid froh, dass ihr diesem Ganoven entkommen seid!", meinte Frau Lamar.

Luk holte die Karte heraus, die er im Geheimfach seiner Spezialtasche versteckt hatte, und faltete sie auseinander. Die Zeichnung zeigte, dass sie genau nach Süden fahren mussten.

„Das darf doch nicht wahr sein! Der Kompass des Bootes ist kaputt!", stellte Frau Lamar plötzlich fest.

„Was machen wir jetzt? Wie können wir feststellen, wo Süden ist?", rief Patrick.

„Süden ist dort, wo die Sonne am Mittag steht!", belehrte ihn Luk.

„Aber es ist nicht Mittag, Herr Professor Klugkopf!", schnaubte Patrick.

„Lasst mich das machen", mischte sich Biggi ein. Sie nahm ihre Armbanduhr ab und versuchte, sie möglichst waagrecht zu halten. Den kleinen Zeiger richtete sie genau auf die Sonne.

„So, jetzt brauche ich noch ein Streichholz!",
sagte sie. Luk reichte ihr eins, und schon
konnte Biggi exakt zeigen, wo Süden war.

FRAGE AN DICH

**Wie hat sie das
gemacht?**

WAS STECKT IN DER KARTE?

„Gut gemacht, Mädchen!", lobte Frau Lamar Biggi. „Fürs Erste reicht diese Richtungsangabe. Laut eurer Karte sind wir auf dem richtigen Weg und müssten die Insel in ungefähr einer halben Stunde erreichen."

Plötzlich tippte sich Luk an die Stirn und holte seinen Computer-Notizblock hervor. Er schaltete ihn ein und nickte zufrieden.

„Habe ich mir doch gedacht, dass der auch einen Kompass eingebaut hat!", verkündete er stolz. Mit einem Blick stellte er fest, dass sie den Kurs ein wenig korrigieren mussten, um direkt auf die Insel zuzusteuern. Es war immer wieder erstaunlich, was alles in dem kleinen Computer steckte.

Da näherte sich plötzlich von links mit dröhnendem Motor ein viel größeres Schnellboot. Es raste direkt auf sie zu. Frau Lamar schrie auf. Sie sah keine Möglichkeit auszuweichen. Es würde unweigerlich zu einem Zusammenstoß kommen!

Das andere Boot beschleunigte sogar noch und schoss auf den hinteren Teil des Schiffes zu, in dem sich die Tiger befanden. Es kam näher und näher, und Biggi brüllte: „Wir müssen über Bord! Los!"

Sie wollte schon springen, aber genau in diesem Augenblick drehte das andere Boot in

einem großen Bogen ab. Ein Wasserschwall ergoss sich über die drei Freunde und Frau Lamar.

„Das ist der Typ mit den schmierigen Haaren!", rief Patrick aufgeregt. „Der mir die Karte abkaufen wollte!"

Über Lautsprecher meldete sich eine schroffe Stimme: „Entweder ihr übergebt sofort die Schatzkarte, oder wir rammen euch. Mein Boot wird keinen Schaden davontragen, ihr aber werdet absaufen!"

„Der Kerl, der mich entführt hat, ist auch an Bord!", stellte Biggi entsetzt fest.

„Ich zähle bis zehn", kündigte der Mann an. „Eins … zwei … drei …!"

Luk starrte auf das alte Pergament, das völlig durchnässt war. Die Tinte war ein wenig verwischt, aber noch gut zu erkennen.

„He, Leute, schaut euch das an", keuchte er aufgeregt.

Durch die Feuchtigkeit war etwas Unglaubliches geschehen. Das Papier hatte sich gespalten und in zwei Teile zerlegt. Dazwischen steckte ein hauchdünnes Blatt, auf das ein Schmetterling gemalt war. In krakeliger Schrift stand darunter: *Bei meiner Lieblingsbeschäftigung - dem Malen von Schmetterlingen - habe ich den Donnertempel und sein Geheimnis entdeckt. Das ist mein bester Schmetterling. Falte ihn und bewahre ihn gut auf. Er kann dir - im rechten Licht - einen wichtigen Schritt zeigen.*

„... sieben ... acht ... neun ... Was ist?"

Wird's bald? Oder soll ich mir die Karte holen?", tobte der Unbekannte auf dem anderen Boot.

„Hol sie dir, Mistkerl!", knurrte Frau Lamar, und den Tigern flüsterte sie zu: „Gebt sie ja nicht her!"

„Zehn! Jetzt komme ich!", kündigte der Mann an. Er gab seinem Komplizen am Steuer ein Zeichen loszurasen. Und im nächsten Moment schoss das Schnellboot wieder direkt auf das Tiger-Team zu.

„Festhalten!", rief Frau Lamar und riss den

Gashebel nach hinten. Das Boot stieg vorne aus dem Wasser und flitzte davon. Die Verfolger konnten die Richtung nicht schnell genug ändern und rasten weiter.

Plötzlich gab es einen lauten Knall, und das Schnellboot schien stecken geblieben zu sein.

„Was … was ist passiert?", fragte Patrick verdutzt.

Frau Lamar blickte nach hinten, dann sagte sie nicht ohne Stolz: „An Backbord ist eine Sandbank. Auf die habe ich die Ganoven auflaufen lassen!"

„Super!", riefen die Tiger.

Als wäre nichts geschehen, setzte Frau Lamar die Fahrt fort. Und wie sie vorhergesagt hatte, tauchte nach ungefähr dreißig Minuten eine kleine Insel mit schroffen schwarzen Felsen vor ihnen auf. Dort musste sich der Donnertempel befinden.

„Wisst ihr was? Ich glaube, das ist ein erloschener Vulkan!", meinte Frau Lamar.

Sie umrundeten die Insel, und das Tiger-Team stellte fest, dass es nur einen einzigen kleinen Strand gab, an dem sie an Land gehen konnten. Der Sand war nicht weiß, sondern schwarz wie Asche.

Frau Lamar lenkte das Boot geschickt zum Ufer und warf den Anker aus. „Das letzte Stück müsst ihr leider durchs Wasser waten", sagte sie.

„Kommen Sie nicht mit?", fragte Biggi verwundert.

Die Frau winkte ab. „Ich bewache lieber das Boot. Sonst kommen wir vielleicht nicht wieder von hier weg!"

Bevor die drei Tiger ins Wasser stiegen, ließen sie ihren Blick über den Strand schweifen. Waren sie allein auf der Insel, oder war schon vor ihnen jemand hier gelandet? Wartete er vielleicht hinter einem Busch oder irgendwo zwischen den Felsen, um sich zum Tempel führen zu lassen?

FRAGE AN DICH

Was sagst du dazu?

WELCHE RICHTUNG IST RICHTIG?

Die Tiger wateten zum Ufer und zogen sich dort die Schuhe wieder an. Sicher war sicher. Vielleicht gab es Schlangen auf der Insel oder giftige Dornenpflanzen. Sie mussten sich so gut wie möglich davor schützen.

Patrick ging voran. Hinter ihm lief Biggi, dicht gefolgt von Luk, der die Karte in der Hand hatte. Er sagte seinen Freunden genau, in welche Richtung sie gehen mussten.

Der Weg zum Donnertempel führte durch Dornengestrüpp, das Patrick mit großen Stöcken auseinanderreißen musste, über tiefe, düstere Schluchten, durch einen ausgetrockneten Bach, in dem zwischen den Steinen Skorpione herumkrochen, und schließlich auf einen Berg, dessen Zacken auf dem Gipfel eine Art Krone bildeten.

Die drei Tiger hatten ungefähr die Hälfte

der Strecke bis zur Bergspitze zurückgelegt, als sie plötzlich zu einer seltsamen Kreuzung kamen. Sie hatten drei Möglichkeiten weiterzugehen, doch auf der Schatzkarte war nicht eingezeichnet, welcher Weg der richtige war.

Biggi schlug vor, sie einfach alle der Reihe nach auszuprobieren. Zuerst nahmen sie den Weg, der scharf nach links führte. Biggi ging voran, die Jungen folgten etwas widerstrebend.

„Habt euch nicht so, es geschieht schon nichts, ihr Angsthasen!", rief sie. Einen Augenblick nur achtete sie nicht darauf, wohin sie trat, und das hatte schlimme Folgen. Sie war in Treibsand geraten, der sie wie ein gieriger Schlund nach unten sog. Die Jungen kamen ihr sofort zu Hilfe und packten sie an den Armen, aber der Treibsand gab immer mehr nach. Biggi strampelte und schrie verzweifelt.

„Nicht, halt still!", befahl Luk.

„Aber dann versinke ich ganz!", jammerte Biggi verzweifelt.

„Nein, durch das Strampeln bekommt der Treibsand nur noch mehr Kraft!", erklärte Luk gelassen.

Biggi musste sich sehr zusammenreißen, um die Füße ruhig zu halten. Schließlich aber schaffte sie es, und mit vereinten Kräften gelang es ihren Freunden, sie auf festen Boden zu zerren.

„Danke!", keuchte das Mädchen. „Vielen Dank!"

„Und ab jetzt laufen wir nicht einfach blindlings los!", entschied Luk energisch. „Ich fürchte, dass jeder der Wege gefährlich ist. Und wahrscheinlich führt nur einer zum Donnertempel."

Aber welcher war das?

Das Tiger-Team kehrte zu der Wegkreuzung zurück, und während Luk die Karte betrachtete, untersuchte Patrick den Boden.

„Pfeile … da hat jemand aus Steinen Pfeile gelegt!", stellte Patrick fest und zeigte sie seinen Freunden.

Luk brauchte ziemlich lange, dann aber hatte er herausgefunden, welcher Pfeil ihnen die richtige Richtung zeigte.

FRAGE AN DICH

Welcher Pfeil ist es?
Lege den Decoder an.

DECODIEREN

EIN RÄTSELHAFTER PLATZ

Langsam und mit vorsichtigen Schritten setzte das Tiger-Team seinen Fußmarsch zum Donnertempel fort. Je höher sie den Berg hinaufkletterten, umso schmaler und steiler wurde der Weg. Über den Felsen flimmerte die Luft. Die schwarzen Steine waren so aufgeheizt, dass die Tiger sie nicht einmal berühren konnten.

Immer wieder drang aus dem Innern des Bergs ein dumpfes Grollen. Zweimal bebte sogar der Boden unter ihren Füßen.

„Sollen wir … sollen wir wirklich weiter?", fragte Patrick beklommen.

Biggi und Luk war die Sache auch nicht geheuer.

„Ich glaube, der Vulkan ist noch nicht erloschen", meinte Luk. „Deshalb donnert es auch immer wieder im Berg. Aber es besteht sicher keine Gefahr, dass er ausbricht. Wir haben es bis hierher geschafft, jetzt sollten wir auch bis zum Tempel gehen!"

Die anderen beiden stimmten zu.

Biggi war nun die Letzte der Gruppe und achtete sehr genau darauf, wohin sie jeden einzelnen Schritt setzte. Der Schreck, den sie vorhin im Treibsand erlebt hatte, steckte ihr tief in den Knochen.

Immer wieder hörte sie hinter sich ein Rascheln und Knirschen. Wenn sie sich aber umdrehte, war nie etwas zu sehen. Gab es hier oben Tiere? Oder folgte ihnen jemand?

„Unsinn, jeder, der uns folgen wollte, müsste an Frau Lamar vorbei, und die hätte uns bestimmt gewarnt!", versuchte sich Biggi zu beruhigen.

Endlich hatten sie es geschafft. Der Gipfel war erreicht. Die drei Tiger-Freunde traten zwischen zwei hohen Felszacken hindurch, und dann bekamen sie vor Staunen den Mund nicht mehr zu.

Vor ihnen lag ein großer Platz. Der Boden war mit sechseckigen Fliesen ausgelegt und sah aus, als wäre er gerade frisch gefegt und poliert worden.

„Das macht bestimmt der Wind!", vermutete Luk.

Am anderen Ende des Platzes erhob sich der Donnertempel. Vier wilde, bullige Gestalten aus Stein, die nur aus Kopf, Armen und Bauch zu bestehen schienen, bewachten den Eingang und stützten das schwere Steindach. Hinter dem Portal herrschte absolute Finsternis.

„Na, dann los!", meinte Luk und wollte den Platz überqueren. Kaum hatte er seinen Fuß auf die erste Fliese gestellt, zerbrach sie, und die Scherben schienen endlos lang in die Tiefe zu stürzen, bis endlich ein leises Geräusch zu hören war, als sie irgendwo aufprallten.

„Mist!", schimpfte Luk. „Wir können nicht

hinüber. Das ist wieder eine Falle. Unter diesem Platz befindet sich nichts als ein Abgrund, in den ich bestimmt nicht stürzen möchte."

Biggi und Patrick atmeten tief durch. Der Donnertempel war zum Greifen nah und nun das!

Doch Patrick wollte nicht einfach aufgeben. Mit der Schuhspitze tippte er auf eins der Sechsecke. Aber genau wie das erste zersprang es und verschwand in der Tiefe.

„Jetzt lass mich auch mal!", sagte Biggi und tippte auf die nächste Fliese. Nichts passierte! Sie tippte noch einmal und noch einmal und ein drittes Mal.

„He, die da bleibt ganz!", sagte sie. Luk und Patrick hielten Biggi daraufhin an beiden Armen fest, während sie mit ihrem vollen Gewicht auf die Platte trat. Die Platte hielt stand.

Nachdenklich blickten die drei Tiger über

den Platz. „Vielleicht darf man nur auf ganz bestimmte Platten treten", vermutete Patrick. Luk und Biggi stimmten ihm zu. „Aber welche sind das? Wir können nicht alle ausprobieren, das ist zu gefährlich!", sagte Luk.

„He, schaut euch mal die Muster auf den Fliesen an", rief Biggi. „Ob die etwas zu bedeuten haben?"

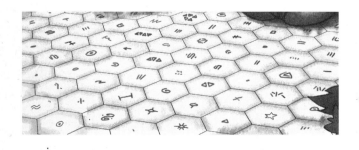

Luk nahm seinen kleinen Computer heraus, der an der Vorderseite einen großen Bildschirm hatte. Mit einem Spezialstift zeichnete er die Muster einiger Fliesen auf die berührungsempfindliche Fläche, auf der sofort blaue Linien erschienen.

Luk tippte auf den Button „Decodieren!"
Doch genauso schnell wie der Computer hatten auch die drei Tiger den Weg entdeckt.

FRAGE AN DICH

Kannst du den Weg über den Platz finden?

VÖLLIG VERIRRT!

Die drei Tiger unterhielten sich so lebhaft, dass sie dabei das leise Knirschen hinter einem der Felsen überhörten.

Luk ging voran und suchte nach den Platten, auf die sie treten konnten. Sie hatten den Tempel schon fast erreicht, als er sich irrte und die Fliese unter seinen Füßen zerbarst. Luk geriet ins Wanken. Er wusste, dass er nirgendwo Halt finden würde. Wild ruderte er mit den Armen und versuchte, das Gleichgewicht wiederzufinden. Plötzlich spürte er eine kräftige Hand, die ihn am Kragen packte.

„Geht es wieder?", erkundigte sich Patrick. Luk dankte ihm für die Rettung und beschloss, in Zukunft noch besser aufzupassen.

Dann war es endlich so weit. Sie standen vor dem Eingang zum Donnertempel und starrten in die Dunkelheit.

„Hallo!", rief Patrick.

„Hallo ... hallo ... hallo ... hallo ... hallo!", hallte seine Stimme vielfach wider. Luk zog eine starke Taschenlampe hervor und leuchtete in das Innere des Tempels. Das Tiger-Team erkannte eine breite Treppe aus grob behauenen Steinen, die in den Berg hinunterführte.

Langsam, Schritt für Schritt, tasteten sie sich voran. Dann begannen sie vorsichtig, die Stufen hinabzusteigen. Im Licht der Taschenlampe entdeckten sie lauter schaurige, wild aussehende Fratzen, die zwischen großen, dornigen Pflanzen von den Wänden herabglotzten.

„Was haben wohl diese schrecklichen Bilder zu bedeuten?", wunderte sich Luk.

„Wahrscheinlich sollen sie Eindringlinge abschrecken!", meinte Biggi.

„Und ich muss sagen, das könnte ihnen gelingen!", stellte Patrick leise fest. Ein kalter

Schauer nach dem anderen kroch ihm über den schweißnassen Rücken.

Am Ende der Treppe begann ein langer Gang, der sich aber schon bald verzweigte und alle paar Meter einen Knick machte. Die drei Tiger drangen weiter vor und stellten bald mit großer Sorge fest, dass das Donnern und Beben im Berg immer heftiger wurde. Sand rieselte von der Decke auf sie herab.

Nach einer Weile fragte Biggi kleinlaut: „He, Luk, weißt du eigentlich noch, wo wir sind?"

Luk schluckte und beschloss zu schwindeln: „Jaja, natürlich!"

In Wirklichkeit hatte er bereits gemerkt, dass er sich mit seinen Freunden im Gewirr der Gänge verirrt hatte. Sie befanden sich in einem Labyrinth, und er hatte keine Ahnung, wo der Ausgang lag.

Nachdem sie eine kleine fünfeckige Halle durchquert hatten, erreichten sie einen Gang, der sich schneckenförmig nach innen und dann auch wieder nach außen drehte. Von dort gelangten sie in eine quadratische Kammer, auf deren Boden etwas gezeichnet war. Luk richtete den Kegel seiner Taschenlampe darauf und stellte erleichtert fest, dass es sich wohl um einen Plan des Irrgartens handelte.

„Leute, ich muss euch was sagen. Wir haben uns verirrt!", gestand er nun.

Entsetzt verdrehten Biggi und Patrick die Augen.

„Ich habe aber auch eine gute Nachricht. Vielleicht kann uns dieser Plan helfen, wieder aus dem Labyrinth herauszufinden."

Die drei Tiger beugten sich über die Zeichnung, die in den Stein eingraviert war. An einem Ende des Irrgartens entdeckten sie etwas, das wie eine grüne Sonne aussah. Dort musste das Geheimnis des Tempels verborgen sein. Und da wollten sie hin!

Aber wo befanden sie sich im Augenblick?

FRAGE AN DICH

Kannst du heraus-
bekommen, wo sich das
Tiger-Team befindet?

Es dauerte eine Weile, bis das Tiger-Team
seinen Standort herausgefunden hatte.

112

„Führt uns deine Wunderkiste auch durch den Irrgarten?", fragte Patrick und zeigte auf Luks Computer.

„Äh nein … ich glaube, ich muss den ganzen Plan abzeichnen!", erwiderte Luk.

Biggi hielt von dieser Idee nichts. „Das dauert zu lange. Der Donner wird immer lauter. Ich will hier so schnell wie möglich raus."

Luk nahm seine Spezialtasche und leerte sie aus.

Gab es irgendetwas, was ihnen bei der Erforschung des Labyrinths helfen konnte?

Plötzlich zeigte der Junge auf etwas und verkündete zur Überraschung seiner Freunde: „Das ist die Lösung!"

MEISTERDETEKTIV-FRAGE

Was hat Luk ausgesucht?

Wenn du diese Frage richtig beantwortet hast, bekommst du 3 Punkte!

DAS TOR DER BESTIEN

Endlich waren Biggi, Luk und Patrick am Ziel. Sie hatten die Stelle erreicht, an der sich das grüne Feuer befinden musste. Ihre Enttäuschung war groß, als sie statt eines wertvollen Edelsteins nur ein riesiges Holztor vorfanden. Grässliche Fratzen waren daran angebracht und fletschten abwehrend ihre Zähne. Es sah aus, als wollten sie sagen: „Halt, keinen Schritt weiter!"

„Falls es das grüne Feuer tatsächlich gibt, liegt es hinter diesem Tor!", erklärte Luk.

„Toll, und wie kriegen wir das auf?", wollte Patrick wissen.

„Seht euch um. Irgendwo muss es einen Schlüssel geben!", forderte Biggi die Jungen auf. Aber so sehr die drei auch suchten, es gab keinen Schlüssel.

„Leute, das Tor hat ja nicht einmal ein Schloss!", stellte Patrick plötzlich fest. „Es

muss also irgendeinen Trick geben, um es zu öffnen."

Luk untersuchte die hölzernen Fratzen an der Tür und meinte: „Vielleicht muss man einem dieser Biester auf die Nase drücken oder es an den Ohren ziehen oder ihm die Hand reichen!"

„Das machst aber du, ich nicht!", sagte Biggi entschieden.

Luk gab zu, dass ihm dazu der Mut fehlte. Auch Patrick war der Meinung, dass hier allein mit Muskelkraft nichts zu erreichen war.

„Wartet, ich habe eine Idee!", meinte Luk. Er nahm eins der Funkgeräte aus der Tasche und steckte es langsam in das Maul einer besonders grässlichen Fratze. Die Folge war schaurig. Das hölzerne Maul der Figur klappte zu und biss das Walkie-Talkie durch, als wäre es aus Butter.

Erschrocken zog Luk die Hand zurück.

„Stellt euch vor, ich hätte meine Finger in

das Maul gehalten!", stammelte er. Nein, das wollten sich die Tiger lieber nicht vorstellen.

Als Luk die Reste des Funkgerätes wieder in der Tasche verstaute, fiel ihm die Zeichnung des Schmetterlings in die Hände. „He, vielleicht hat der etwas mit dem Tor zu tun!"

Biggi rümpfte die Nase. „Quatsch, das ist ein hübscher Schmetterling und sicher kein Monster."

Patrick nahm die Zeichnung und entzifferte noch einmal die Schrift am unteren Rand:

Bei meiner Lieblingsbeschäftigung - dem Malen von Schmetterlingen - habe ich den Donnertempel und sein Geheimnis entdeckt. Das ist mein bester Schmetterling. Falte ihn und bewahre ihn gut auf. Er kann dir - im rechten Licht - einen wichtigen Schritt zeigen.

„He, schaut mal!", sagte der Junge und deutete nach oben. Durch ein winziges Loch in der Decke fiel ein heller Sonnenstrahl.

119

"Wie soll uns der Zettel weiterhelfen?",
überlegte Biggi laut. Patrick faltete ihn schon,
und plötzlich kam ihm eine Idee. "Ich weiß
jetzt, welche Fratze das Tor öffnet!", meldete
er stolz.

FRAGE AN DICH

Wie hat er das
geschafft?

TIGER-TEAM TIPP Diese Zeichnung befindet sich auch in deiner
Tiger-Team-Tasche. Nimm sie heraus
und versuche, das Geheimnis zu lüften.

DAS GEHEIMNIS DES DONNER-TEMPELS

Biggi und Luk bezweifelten, dass Patricks Vermutung richtig war. Er selbst aber war völlig davon überzeugt. Die Fratze auf dem Zettel stimmte genau mit einer der Figuren auf der Tür überein. Das war ein eindeutiges Zeichen.

Patrick holte tief Luft und trat vor das wuchtige hölzerne Tor. Vorsichtig streckte er die Hand aus und näherte seine Finger Zentimeter für Zentimeter dem unheimlichen Dämonengesicht.

Das Maul war weit aufgerissen, und in seinem Innern erkannte der Junge eine dicke, runde Zunge. Er fand, dass sie Ähnlichkeit mit einer Klinke hatte.

Beherzt packte Patrick die hölzerne Zunge und drückte sie nach unten.

Unter lautem Knirschen und Schaben

schwang das Tor nach innen. Erleichtert atmeten die drei Freunde auf.

„Gratuliere, Patrick! Das hätten wir uns nie getraut!", lobten Biggi und Luk ihn.

Im nächsten Moment aber fiel Biggis Blick auf das, was hinter der Tür lag. „Das ist ja nicht zu fassen!", rief sie überrascht.

Es erwartete sie kein Edelstein, sondern ein wunderbarer Garten, der im Krater des Vulkans wucherte. Aber es war kein gewöhnlicher Garten. Die Grashalme, Kräuter und Blumen, die darin wuchsen, hatten die Größe von Bäumen.

„Vorsicht!", schrie Patrick, als er eine Amei-
se entdeckte, die zwischen den Riesenhalmen
krabbelte. Sie war so groß wie ein Pferd und
wirkte auf die Tiger wie ein Monster.

Von der anderen Seite näherte sich eine
Kreuzspinne, die zum Glück von den drei
Freunden keine Notiz nahm. Ein Biss dieses
Ungeheuers wäre sicher tödlich gewesen.

In einiger Entfernung entdeckte Luk eine
Pflanze, die ihm bekannt vorkam. Er zeichnete sie auf den Schreib-Bildschirm des Com-
puters und fragte das Elektronengehirn, was
es darüber gespeichert hatte.

Sein Verdacht bestätigte sich: „Diese pur-
purrote Blüte, die da auf dem Boden wächst,
ist eine gefährliche fleischfressende Pflanze",
erklärte er seinen Freunden. „Wer auf sie
tritt, ist verloren. Ich meine, normalerweise
ist sie so klein, dass sie sich nur von Mücken
ernährt. Aber dieses Riesending verdaut sicher auch locker einen von uns. Die Blätter

schließen sich blitzschnell, und man ist gefangen."

Biggi grübelte noch immer darüber nach, was wohl das Geheimnis des Tempels sein konnte. Schließlich meinte sie: „Ich glaube, die grüne Sonne beschreibt diesen ungewöhn-

lichen Fleck Erde, in dem die kleinsten Gewächse zu Riesenpflanzen heranwachsen. Es muss an der Strahlung liegen oder mit dem Vulkan zu tun haben."

„Leute, und wenn die falschen Typen diesen Ort entdecken, nützen sie ihn, um Monster zu züchten!", ergänzte Patrick erschrocken. „Ich verstehe jetzt, wieso Käpten Boller seine Entdeckung so gut verschlüsselt hat. Nur die Richtigen sollten sie wiederfinden."

Hinter dem Tiger-Team wurden Schritte laut. Jemand rannte davon.

„Irgendwer ist uns gefolgt!", rief Luk entsetzt. „Schnell, wir müssen raus und nachsehen, wer es ist!"

Als die drei Tiger wieder durch das Holztor traten, schloss sich das schwere Tor sofort hinter ihnen.

Die Tiger begannen zu laufen, und Luk wickelte dabei die ausgelegte Schnur wieder auf. Plötzlich aber bemerkte er, dass er keinen Widerstand mehr spürte. Er zog ein wenig und keuchte: „Oh nein … jemand hat die Schnur abgerissen, damit wir hier nicht mehr herausfinden!"

Verzweiflung packte die drei. Was jetzt?

Biggi zwang sich, einen klaren Kopf zu bewahren: „Hört zu, wir können nur versuchen, uns langsam voranzukämpfen."

„Ich habe ein Stück Kreide in der Tasche", meinte Luk. „Damit markieren wir die Stellen, an denen wir abbiegen oder einen anderen Gang nehmen. Dann merken wir wenigstens, wenn wir im Kreis laufen!"

Das Tiger-Team schöpfte neue Hoffnung und machte sich auf den Weg. Es dauerte über eine Stunde, bis sie wieder die quadratische Kammer erreichten, auf deren Boden sich der Plan des Irrgartens befand. Luk nahm sich diesmal die Zeit, ihn auf den Bildschirm des Computer-Notizblocks zu zeichnen. Dabei machte er eine wichtige Entdeckung. Er sah im Staub deutliche Abdrücke von Schuhen, die niemandem aus dem Tiger-Team gehörten.

Konnte er daran erkennen, wer den drei Freunden gefolgt war?

FRAGE AN DICH

Kannst du heraus-
finden, wer dem
Tiger-Team nach-
geschlichen ist?

TRAUE KEINEM!

Eines stand nun für Biggi,
Patrick und Luk fest: Sie
konnten niemandem mehr
trauen. So schnell es ging, flüch-
teten sie aus dem Donnertempel und
überquerten den Vorplatz. Dann liefen sie
auf die hohen Steinzacken zu und wollten
gerade dazwischen hindurchklettern, als sie
Stimmen hörten.

Patrick gab seinen Freunden ein Zeichen,
stehen zu bleiben. Vorsichtig schlichen sie nä-

her an die Felsen
heran und spähten
um einen Vorsprung.

Da standen sie alle: Der Mann mit den ge-
ölten Haaren, sein Helfer – und Frau Lamar.

Sie steckten alle unter einer Decke. Der Angriff mit dem Schnellboot war also nur vorgetäuscht gewesen, um sich ihr Vertrauen zu erschleichen!

„Die drei finden da nie wieder heraus. Irgendwann wird man ihre Skelette entdecken!", sagte Lola Lamar gerade und lächelte kühl.

„Und in dem Tempel ist kein Edelstein?", fragte der Mann mit der Pomade im Haar verwundert.

Lola Lamar schilderte ihm, was sie gesehen hatte. „Und, ist das für dich nicht interessant, Walter?", fragte sie.

Der Mann nickte. „Klar, wir können hier Rieseninsekten und Killerpflanzen züchten und als lebende Waffen verkaufen."

Patrick, der seine Vermutung bestätigt sah, stieß einen erschrockenen Laut aus. Die drei Gauner hörten es und blickten misstrauisch in seine Richtung.

„Weg!", flüsterte Biggi und stürmte einfach los. Sie rannte, so schnell sie konnte, und ihre Tiger-Freunde folgten ihr.

Und die Ganoven hängten sich an ihre Fersen. „Fang sie ein, Harry. Sie dürfen nicht entkommen!", brüllte Walter.

Die Füße der Tiger schienen fast zu fliegen, aber Harry kam näher und näher. Schließlich erreichten sie die Wegkreuzung mit den Pfeilen, und Luk bog falsch ab. Biggi und Patrick wollten ihn aufhalten, aber Luk gab ihnen zu verstehen, dass er das absichtlich machte. Er rannte noch ein Stück und zog seine Freunde dann schnell hinter einen großen Stein. Dort duckten sie sich.

Harry aber stürmte an ihnen vorbei und lief immer weiter. Einige Sekunden später stieß er einen erschrockenen Schrei aus.

„Wir müssen nachsehen, was mit ihm passiert ist!", rief Luk.

Die drei folgten dem Mann und kamen zu

einer Hängebrücke, die über einen kleinen See führte. An beiden Enden waren die Bretter gebrochen und ins Wasser gefallen. Nur in der Mitte waren fünf Latten ganz geblieben. Auf ihnen stand Harry und klammerte sich ängstlich an den Seilen fest. Immer wieder warf er einen Blick in den See, in dem es von Fischen nur so wimmelte.

Luk erkannte an den Mäulern der Tiere, um welche Fische es sich handelte. Es waren Piranhas, von denen einige Arten für Menschen sehr gefährlich werden konnten. Harry hatte allen Grund, sich zu fürchten.

„Der ist sicher noch eine Weile damit beschäftigt, ans Ufer zurückzukommen", sagte Biggi. „Los, wir holen uns das Boot und fahren damit schnellstens nach Gran Canaria zurück."

Als sie den Fuß des Berges erreicht hatten, kam ihnen auf einmal Pietro Mancuso entgegen.

„Endlich habe ich euch gefunden. Wie konntet ihr nur mit dieser Frau mitfahren!", rief er.

Die drei Freunde blieben stehen und waren ziemlich unschlüssig, was sie jetzt tun sollten. Vielleicht gehörte der angebliche Reporter ja auch zu der Bande!

„Wieso kennt Sie bei der Abendpost niemand?", fragte Luk scharf.

„Weil ich dort noch nicht arbeite. Mit dem Bericht über eure Reise will ich dem Chefredakteur zeigen, wie gut ich bin", antwortete Herr Mancuso.

„Können Sie uns beweisen, dass Sie tatsächlich Pietro Mancuso heißen und Reporter sind?", wollte Biggi wissen. „Ich meine, der Name klingt so italienisch."

Der Mann nickte. „Meine Eltern sind Italiener. Sie haben eine Pizzeria in München. Dort bin ich auch aufgewachsen. Aber ich kann euch meinen Journalisten-Ausweis zeigen!" Pietro Mancuso suchte in allen Taschen. Jedoch ohne Erfolg.

„Ich … ich muss ihn verloren haben", stellte er entsetzt fest.

„Das kann man glauben oder auch nicht!", erwiderte Biggi.

FRAGE AN DICH

Kannst du Herrn Mancuso glauben, oder gehört er zur Bande?

FALL GELÖST?

„Da! Da sind sie!", hörte das Tiger-Team die aufgeregte Stimme von Frau Lamar. Die Gauner waren ihnen auf den Fersen.

„Los, weg!", rief Herr Mancuso. Er führte Biggi, Luk und Patrick zu dem kleinen Boot, mit dem er gekommen war, ließ den Motor an und gab Gas.

Es war Rettung in letzter Sekunde, denn Frau Lamar und der Pomade-Typ tauchten in diesem Augenblick am Strand auf und hoben drohend die Fäuste.

„Mist, die werden uns verfolgen!", jammerte Biggi.

„Können sie nicht!", grinste Herr Mancuso. „Ich habe die Benzinleitungen ihrer Boote durchgeschnitten. Sie sitzen erst mal auf der Insel fest!"

„Aber wie können wir sie daran hindern, dass sie Killerpflanzen und Monsterinsekten züchten?", fragte Luk besorgt.

Patrick schlug vor, die Polizei zu verständigen. Doch Luk und Biggi hielten wenig davon. „Bisher haben die drei kein Verbrechen begangen", meinten sie.

Trotzdem meldete Herr Mancuso im Hafen, dass sich auf der Insel drei Leute befanden, die man sich dringend einmal näher ansehen sollte.

Aus der Zeitung erfuhren die Tiger am nächsten Morgen, dass sie die Polizei auf die Spur von drei gefährlichen und lang gesuchten Waffenhändlern gebracht hatten.

Aber für das Tiger-Team war der Fall noch lange nicht abgeschlossen.

„Herr Mancuso, werden Sie in Ihrer Zeitung berichten, welches Geheimnis sich auf der Insel verbirgt?", fragte Biggi besorgt.

Der Reporter schüttelte den Kopf. „Kommt nicht in Frage. Ich werde behaupten, Käpten Boller hätte sich nur einen Scherz erlaubt. In Wirklichkeit gäbe es auf der Insel nur giftige Schlangen und gefährliche Insekten, und man solle besser keinen Fuß dort an Land setzen."

„Super-mega-spitzenklasse!", jubelten die drei Tiger-Freunde. Das Geheimnis des Donnertempels war bei ihnen sicher aufgehoben. Sie würden es niemandem verraten.

„Der alte Kapitän hat sein Geheimnis wirklich gut gehütet", meinte der Reporter.

„Aber nicht so gut, dass es das Tiger-Team nicht hätte lüften können!", stellte Luk stolz fest.

Biggi, Patrick und Luk hatten ihrem Namen mal wieder alle Ehre gemacht. Zusammen waren sie stark, listig und schlau wie ein Tiger. Fröhlich grinsten sie einander an und riefen im Chor:

„Wir sind Tiger,
wir sind toll,
lösen jeden Fall,
jawolll!"

Herr Mancuso lächelte milde. So ein Abenteuer erlebte man doch nur einmal im Leben.

Aber er sollte sich irren. Bald darauf entdeckte Biggi nämlich einen Pferde-Poltergeist, und damit beginnt ein neuer Fall für dich und das Tiger-Team ...

IM DONNERTEMPEL

FALLKARTE

N
S

DAS 4. TIGER-TEAM-MITGLIED

_____ (DEIN NAME) LÖSTE DIESEN FALL ...

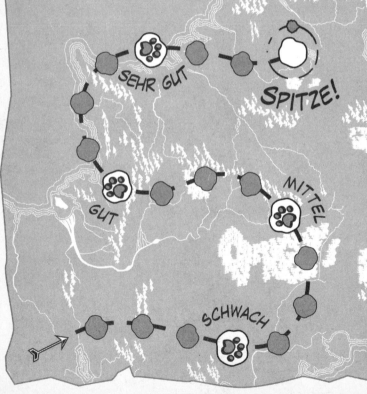

SEHR GUT

SPITZE!

GUT

MITTEL

SCHWACH

TIGER-TEAM

Tipps & Training

Das Tiger-Team und du, ihr löst euer erstes Abenteuer auf der Sonneninsel

GRAN CANARIA

Gehört zu Spanien und damit zur EU.
Währung: Euro
Gran Canaria ist eine Vulkaninsel mit kilometerlangen feinsandigen Stränden und steil zum Atlantik abfallenden Felswänden.
Temperaturen: angenehm zwischen 20 und 28 Grad Celsius.
300 Sonnentage im Jahr!!!

Gran Canaria in aller Kürze

Einwohnerzahl: ca. 800.000

Hauptstadt: Las Palmas

Durchmesser: 45 km = eine halbe Stunde Fahrt auf ebener Landstraße

---

GEHEIME NACHRICHTEN
Sie haben euch geholfen, den Donnertempel zu finden und Biggi zu befreien. Hier ein paar Geheimschriften, die nützlich sein können:

Unsichtbare Tinte

SCHREIBEN: Zitronensaft ist die Tinte (es gehen auch Milch, Essig oder Zwiebelsaft). Schreiben kannst du mit einem Pinsel oder einer Feder. Ist der Saft getrocknet, ist die Nachricht verschwunden.

LESEN: Zettel erwärmen, am besten auf einem Toaster oder mit dem Bügeleisen.
TIPP: Verstecke die Geheimbotschaft zwischen den Zeilen eines Briefes. Das ist weniger verdächtig.

Wasserschrift

SCHREIBEN: Geschrieben wird mit einem Bleistift. Dazu ein Blatt Papier in Wasser eintauchen und an eine Fensterscheibe oder den Badezimmerspiegel drücken. Dann ein trockenes Blatt darüber

legen und die Nachricht mit dem Bleistift schreiben. Danach das Blatt abziehen und das nasse Papier trocknen lassen. Die Schrift ist unsichtbar!
LESEN: Einfach das Blatt wieder in Wasser tauchen.

Salztinte

SCHREIBEN: Für die Tinte löst du einen Teelöffel Salz in einem Glas Wasser auf. Zum Schreiben verwendest du einen Zahnstocher.
LESEN: Die Botschaft erwärmen. Lege das beschriebene Blatt auf einen Heizkörper

oder in den auf 50 Grad Celsius eingestellten Back-
ofen. Du kannst es auch bügeln oder vorsichtig
über der Herdplatte erwärmen.

Prägungen

Diese Methode ist ähnlich wie die Wasserschrift,
allerdings nicht nass.
SCHREIBEN: Mit einem Bleistift deine Botschaft auf das
oberste Blatt Papier eines
Blocks notieren. Dabei fest auf-
drücken, sodass die Nachricht sich
auf die nächste Seite durchdrückt.
LESEN: Mit einem flach gehaltenen Bleistift leicht über das Blatt schraffieren, und der
weiße Text wird sichtbar.
TIPP: Denke unbedingt daran, die Seite, auf der du
geschrieben hast, wegzuwerfen, damit kein Unbe-
fugter deine Botschaft lesen kann.

Wachsschrift

SCHREIBEN: Mit einem dünnen
Stückchen Kerzenwachs auf wei-
ßes Papier.
LESEN: Kakaopulver auf-
streuen und dann leicht
verreiben.

SPUREN LESEN

Schuhabdrücke haben dir geholfen, im Donnertempel auf die richtige Spur zu kommen. Üb auf dieser Doppelseite weiter!

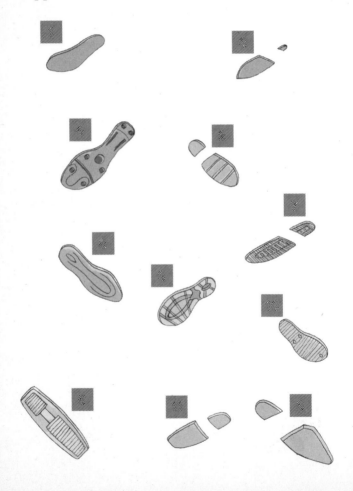

Welcher Schuh gehört zu welchem Abdruck?
Mit dem Decoder kannst du herausfinden, ob du
richtig liegst.

Was bedeuten Schuhabdrücke, die weit auseinander liegen?

Ziemlich sicher ist derjenige, der die Spuren hinterlassen hat, gelaufen. Dabei macht er natürlich große Schritte.

Was sagen Fußspuren aus, die besonders tief sind?
Entweder ist die Person sehr dick und schwer, oder sie hat etwas Schweres getragen.

Noch zwei kleine Übungen:

Wie viele Leute waren hier unterwegs?

Was ist mit dieser Person?

Und nun noch ein kurzer Krimi zum Knobeln für dich:

Der Mann aus dem Nebel

Elisa von Zittewitz spielte mit ihrem Lorgnon, einer kleinen Brille an einem dünnen Stäbchen. Die Brille wurde nicht auf die Nase gesetzt, sondern vor die Augen gehalten.

Das Tiger-Team blickte die Gräfin gespannt an. Sie war eine gute Freundin von Frau Borge, Biggis Mutter, und hatte die drei Detektive um einen Besuch gebeten.

Gräfin Zittewitz bewohnte ein kleines Schlösschen, in dem sich eine wertvolle Kunstsammlung befand. Es handelte sich um Figuren aus aller Welt, die ihr Großvater gesammelt hatte. Die Figuren waren kostbar, und die Gräfin hatte einen Teil des Schlösschens in ein Museum umgebaut. So konnten Leute kommen und die Drachen, Dämonen, Fabelwesen und Fratzen bestaunen.

„Sie wollten gerne mit uns reden ...", begann Luk vorsichtig.

Die Gräfin nickte. „Es geht um meinen Bruder Eduard." Sie zögerte und deutete auf ein Ölgemälde, das hinter ihr an der Wand hing. Es zeigte einen Jungen und ein Mädchen. Der Junge malte und das Mädchen spielte Klavier. Bevor sie weitersprach, sah sie es eine ganze Weile an.

„Das waren wir als Kinder", erklärte sie. „Eduard wollte es dann später unserem Großvater gleichtun und ist auf Weltreise gegangen. Er hat

sich mit meinen Eltern nie gut verstanden, und eines Tages kam ein Brief, dass er nicht mehr zurückkehren würde. Er wollte für immer auf einer Südseeinsel bleiben. Das war vor sechsundvierzig Jahren. Danach haben wir nie wieder etwas von ihm gehört."

Biggi nickte mitfühlend. Traurige Geschichte.

„Später habe ich dann das Schlösschen und die Sammlung geerbt, die ich seither verwalte", fuhr die Gräfin fort. „Es gehört alles mir allein, da es außer Eduard keine Erben gibt."

Doch irgendetwas musste geschehen sein. Das konnte man an der Stimme der Gräfin genau hören.

„Vor einer Woche, als der schreckliche Nebel war, klopfte es an das Schlosstor. Ich öffnete und stand vor einem Mann, den ich noch nie zuvor gesehen hatte!", berichtete Gräfin Zittewitz. „Es ist Eduard, der zurückgekehrt ist. Nach all den langen Jahren."

Die drei Tiger lächelten. Das war doch eine gute Sache, oder?

Die Gräfin holte tief Luft und sagte dann ganz leise: „Doch ich habe immer mehr Zweifel, ob der Mann tatsächlich Eduard ist. Er kann sich an so viele Dinge nicht mehr erinnern."

„Na ja, es ist auch lange her", meinte Patrick.

„Ich werde den Verdacht nicht los, dass sich jemand nur als Eduard ausgibt, um seinen Teil der Erbschaft zu bekommen", flüsterte die Gräfin.

Aber wie konnte man das beweisen? In sechsundvierzig Jahren veränderte sich ein Mensch natürlich sehr. Er konnte auch Ereignisse vergessen.

„Ist er hier?", wollte Luk wissen.

Die Gräfin nickte.

„Können wir mit ihm sprechen?"

Gräfin Zittewitz nickte abermals. Sie führte das Tiger-Team durch das Schlösschen zu einer hohen, dunklen Tür. Sie klopfte und trat ein, ohne die Antwort abzuwarten.

An einem wuchtigen Schreibtisch saß ein braun gebrannter Mann. Er blickte überrascht auf, als die Tiger auf ihn zukamen.

„Mein Bruder Eduard", stellte die Gräfin den Mann vor.

Luk griff zum Telefon und wählte eine Nummer.

„Was tust du da?", fuhr der Mann ihn an.

„Ich rufe die Polizei", erklärte Luk ruhig. „Sie sind nämlich ein Betrüger und ganz bestimmt nicht Eduard."

„Lüge! Verleumdung! Frechheit!", tobte der Mann. Als er spürte, dass sein Wutausbruch nichts nützte, ergriff er die Flucht. Er kam aber nicht weit, weil ihm Patrick den Weg verstellte.

Als Dank für die Hilfe schenkte die Gräfin den dreien einen winzigen Tiger aus grünem Stein. Er kam in Luks Spezialtasche, und das Tiger-Team wollte ihn von nun an immer als Glücksbringer bei sich tragen.

FRAGE AN DICH

Wieso wusste Luk, dass der Mann nicht Eduard ist?

NAME: Thomas – TIGER-TEAM-Fan

MEINE STÄRKEN: Immer 1000 Geschichten im Kopf (habe schon mehr als 400 Bücher geschrieben)

DAS FINDE ICH SPITZE: Schreiben, schreiben, schreiben ..., Uhren sammeln (ich habe eine Sonnenuhr für die Hosentasche, eine Uhr, die rückwärts geht, und eine Planetenuhr)

MEIN MOTTO: Auf geht's! Überall gibt es etwas zu entdecken!

Thomas C. Brezinas Romane sind in mehr als 35 Sprachen übersetzt. In China wurde ihm der Titel „Meister der Abenteuer" verliehen.

Er versteht es, so zu schreiben, dass die Leser in seine Geschichten bezogen und die Buchhelden zu Freunden werden, die man immer wieder treffen möchte.

Seit 1996 ist er UNICEF-Botschafter Österreichs und tritt für die Rechte der Kinder in aller Welt und für Schulprojekte ein. 2006 und 2007 wurde er in Österreich zum Autor des Jahres gewählt.

DAS TIGER-TEAM

Ebenfalls erschienen:

Band 1: Im Donnertempel
ISBN 978-3-505-12480-8
Mit Geheimfolie!

Band 2: Der Pferde-Poltergeist
ISBN 978-3-505-12481-5
Mit Geheimcodegitter + Flaggenalphabet!

Band 3: Das Geisterflugzeug
ISBN 978-3-505-12482-2
Mit Lineal + Klopfzeichenkarte!

Band 4: Die Ritter-Robots
ISBN 978-3-505-12483-9
Mit Trickspiegel + magischen Karten!

Band 5: An der Knochenküste
ISBN 978-3-505-12484-6
Mit Rätselteppich + Kompasskarte!

Band 19: Der Reiter ohne Gesicht
ISBN 978-3-505-12569-0
Mit Sheriffstern + Trick-Drehscheibe!

Band 24: Die Nacht der Ninjas
ISBN 978-3-505-12570-6
Mit Thermometer- + Fühlkarte!

Band 37: Das Piraten-Logbuch
ISBN 978-3-505-12572-0
Mit Piraten-Logbuch + Schmuckbuchstabenkarte!

Band 43: Der Dämon in der Wunderlampe
ISBN 978-3-505-12479-2
Mit Wunderlampenkarte + Bilderrätselteppich!

Band 7: Der Albtraum-Helikopter
ISBN 978-3-505-12486-0
Mit Stadtplan + unsichtbarer Nachricht!

Band 28: Der Geist im Klassenzimmer
ISBN 978-3-505-12584-3
Mit Geisterclubausweis + Geisterfoto!

Band 36: Die weiße Frau
ISBN 978-3-505-12571-3
Mit Flachtaschenlampe + optischer Täuschung!

> **Alle Bände:**
> Mit neuem Decoder,
> Hardcover,
> ca. 176 Seiten,
> € 8,95 (D)